Tu chantes
comme une casserole !

premières lectures

...pour les enfants qui apprennent à lire

Le texte à lire dans les bulles est conçu pour l'apprenti lecteur. Il respecte les apprentissages du programme de CP :

le niveau **JE DÉCHIFFRE** correspond aux acquis de septembre à novembre ;

le niveau **JE COMMENCE À LIRE** correspond aux acquis de novembre à mars ;

le niveau **JE LIS COMME UN GRAND** correspond aux acquis de mars à juin.

Cette histoire a été testée à deux voix par Valérie Le Borgne, enseignante, et des enfants de CP.

Cet ouvrage est un niveau JE DÉCHIFFRE.

IMPRIM'VERT
Votre imprimeur agit pour l'environnement

FSC
www.fsc.org
MIXTE
Papier issu de sources responsables
FSC® C022030

Loi n° 49-956 du 16 juillet 1949 sur les publications destinées à la jeunesse,
modifiée par la loi n° 2011-525 du 17 mai 2011
ISBN : 978-2-09-255640-5
N° éditeur : 10221028 – Dépôt légal : juin 2015
Achevé d'imprimer en décembre 2015 par Pollina (85400 Luçon, Vendée, France) - L74518B

Tu chantes comme une casserole !

Texte d'Anne Rivière

Illustré par Peggy Nille

Nathan

Ce matin, à l'école sous-marine,
la maîtresse présente
une nouvelle élève :
– Les enfants, voici Cassiopée,
de la mer Méditerranée. Elle arrive
avec ses parents pour vivre dans
notre océan.

Cassiopée est une sirène
aux longs cheveux… verts.

Sa voix fait rire les enfants car elle parle bizarrement avec un bien étrange accent.

Tu as vu ?
Et sa tête est verte !

Patiemment, la maîtresse explique que, dans la mer et dans l'océan, les gens sont tous très différents. Et c'est ça qui est passionnant ! Le triton Dimitri rit.

Et Ursule, la gorgone
aux cheveux-tentacules, articule :

Cassiopée s'assoit à côté d'Otto, un garçon à queue d'anguille. Il dépose un crabe sur son épaule, pour l'effrayer. Mais la sirène caresse le crabe.

Merci, il est joli !
Zut, c'est raté !

La maîtresse demande le silence.

– Il est temps de préparer le spectacle, *La Comédie musicale de la magicienne Cristal*. Vous allez chanter un par un, de votre plus belle voix. Je choisirai ensuite vos rôles.

Les enfants chantent tous si bien que la maîtresse n'arrive pas à décider à qui elle donnera les rôles principaux.

C'est au tour de la nouvelle élève de chanter. Elle prend une grande inspiration, puis elle entonne avec passion sa chanson préférée :

Quelle panique ! Cassiopée chante tellement faux que c'en est un supplice pour les oreilles !

La maîtresse serre les dents pour garder son sourire, les enfants serrent les fesses pour se retenir de rire.

Hélas, Cassiopée continue,
et personne n'en peut plus…

Pendant la récréation, Dimitri se moque d'elle :

Et du coup, tout le monde surnomme Cassiopée « Casserole ».

La pauvre Cassiopée se cache derrière un massif de corail, pour pleurer en silence.

Soudain, elle entend des hurlements de terreur…

Cassiopée risque un œil, et là…
elle voit un énorme requin qui
s'est échappé du zoo ce matin !

Le requin nage vers Ursule.

Cassiopée attire la gorgone derrière un rocher. Le requin, qui n'a pas le temps de s'arrêter, s'y cogne le nez.

Vite ! La maîtresse en profite : elle nage vers son bureau pour appeler le zoo, mais l'énorme animal la poursuit. La petite sirène sort de sa cachette et crie :

Puis elle se met à chanter.

En entendant l'horrible voix de Cassiopée, le requin ouvre de grands yeux terrifiés et s'enfuit à toute vitesse loin de l'école.

Les enfants félicitent leur camarade.

Désolés de s'être moqués d'elle,
ils lui présentent leurs excuses.

Quant à la maîtresse, elle sait enfin à qui attribuer le rôle principal du spectacle :

– Ne t'inquiète pas, on va t'aider, dit Ursule. Toi, tu joueras, et nous, on chantera !

Nathan présente les applications tirées de la collection *premières* **lectures**.

L'utilisation de l'Iphone ou de la tablette permettra au jeune lecteur de s'approprier différemment les histoires, de manière ludique.

Grâce à l'interactivité et au son, il peut s'entraîner à lire, soit en écoutant l'histoire, soit en la lisant à son tour et à son rythme.

Avec les applications *premières* **lectures**, votre enfant aura encore plus envie de lire... des livres !

Toutes les applications *premières* **lectures** sont disponibles sur l'App Store.

Télécharger dans l'App Store

premières lectures

À la rentrée de septembre, les enfants de CP entrent doucement en lecture. Afin de les accompagner dans cette découverte et d'encourager leur plaisir de lire, Nathan Jeunesse propose la collection **Premières lectures**.

Cette collection est idéale pour une **lecture à deux voix,** prolongeant ainsi le rituel de l'histoire du soir. Chaque ouvrage est écrit avec des **bulles**, très simples, que l'enfant peut lire car les sons et les mots sont adaptés aux compétences acquises au cours de l'année de CP, et qui lui permettent de se glisser dans la peau du personnage. Par ailleurs, un «lecteur complice» peut prendre en charge les **textes**, plus complexes, et devenir ainsi le narrateur de l'histoire.
Les récits peuvent ensuite être relus dans leur intégralité par les élèves dès le début du CE1.

Les ouvrages de la collection sont **testés** par des enseignant(e)s et proposent trois niveaux de difficulté selon les textes des bulles: **Je déchiffre**, **Je commence à lire**, **Je lis comme un grand**.
L'enfant acquiert ainsi une autonomie progressive dans la pratique de la lecture et peut connaître la satisfaction d'avoir lu une histoire en entier...

Un moment privilégié à partager en classe ou en famille!